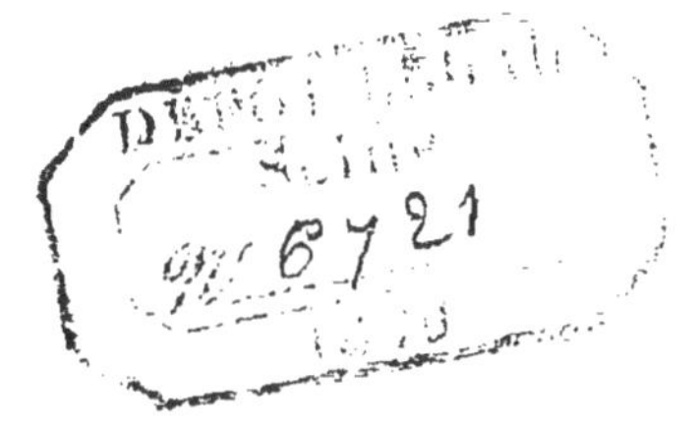

# MAITRE D'ÉCOLE

# LE MAITRE D'ÉCOLE

Poésie dite par M. Coquelin, au Théâtre-Français,
le 27 novembre 1870.

PRIX : 50 CENTIMES

PARIS

ALPHONSE LEMERRE, ÉDITEUR

47, PASSAGE CHOISEUL, 47

1870

# LE

# MAITRE D'ÉCOLE



I

Messieurs les Allemands, au détour d'un chemin
Vous m'avez arrêté, les armes à la main...
Je ne suis pas soldat, n'ayant pas l'uniforme.
Vos édits sont formels, — et je les avais lus.
Je serai fusillé tout à l'heure ! — Au surplus
Faites votre devoir, je plaide pour la forme.

## II

Quand vous êtes venus en France, mon pays,
J'étais l'instituteur de ces bourgs envahis.
Comme on entend les bois gazouiller à l'aurore,
Le babil des enfants indiquait ma maison!
— C'est celle que l'on voit fumer à l'horizon,
Dans ce brasier, où tout un canton s'évapore.

## III

Ma femme était Badoise. — Oui, dans ce temps serein,
On pouvait naître encor des deux côtés du Rhin
Sans s'égorger et sans songer aux représailles.
Son cours ne traversait que mes rêves d'amant :
S'il me séparait d'elle, il était allemand ;
Elle le crut français le jour des épousailles.

## IV

Nous nous étions connus à Strasbourg! — Je voudrais
Ne pas dire ce nom devant vous, étant près
De retourner au Dieu qu'atteste ma patrie !
Elle était protestante, et mon culte est romain ;
Mais le jour où sa main fut mise dans ma main
Nous vit jurer tous deux la même idolâtrie.

V

Les enfants l'adoraient!... ils m'aimaient bien aussi!
Je n'ai pas toujours eu l'air fauve que voici ;
Le meurtre, voyez-vous, déforme le sourire,
Et j'ai beaucoup tué! — Quelques-uns d'entre vous
Sont des savants, dit-on : je n'en suis pas jaloux,
Car j'ai fait plus de mal qu'ils n'en pourront écrire.


VI

Et pourtant que de joie en mon humble métier!
J'ai vécu de chansons pendant un an entier ;
Quand on entendait rire, on disait : C'est l'école!
L'enfant n'est bien souvent qu'un ange curieux
Qui vient pour essayer la vie, une heure ou deux,
Et, qui la trouvant triste, ouvre l'aile — et s'envole.


VII

Sans doute ils oubliaient chez moi le paradis,
Car tous m'étaient restés. — Ce que je vous en dis
N'est pas pour me vanter ; j'avais cette chimère
Qu'à la longue, fût-il faible ou fort, blond ou brun,
Le ciel finirait bien par m'en envoyer un
Dont ma femme serait le portrait — et la mère.

## VIII

La guerre vint. — Forbach! Reichshoffen! — Votre roi
Chantait : Louange à Dieu! — Je ne sais pas pourquoi
Un peuple écoute un roi qui l'appelle à la guerre.
Il serait fort aisé pourtant de dire : Non!
Nous ne sommes point faits pour nourrir le canon!...
— Je suis, vous le voyez, un esprit très-vulgaire.

## IX

Enfin Sedan! — Un soir, les habitants du bourg
Sortent de leurs maisons. — On battait le tambour.
On court, on se rassemble au préau de l'église...
Les vitraux flamboyaient aux lueurs du couchant;
C'était l'heure où chacun est revenu du champ,
Où l'azur, comme on dit chez nous, se fleurdelise

## X

Le maire était monté sur un large escabeau,
Et parlait. A la main il tenait un drapeau
Où l'on avait écrit : Vive la République!
— « C'est au peuple, dit-il, qu'on en veut cette fois!
« On brûle nos hameaux; il nous reste les bois;
« La liberté s'y plaît, et c'est sa basilique!

## XI


« L'arbre abrite et nourrit l'homme qui se défend !

« Amènera qui veut sa femme et son enfant,

« Car la femme au combat n'est plus que la femelle ;

« Elle anime le mâle et charge les fusils,

« Et le sang qu'elle verse en allaitant ses fils

« Donne un goût de vengeance au lait de sa mamelle !


## XII


« Donc en forêt ! » — A peine il achevait ces mots,

Voilà que le tocsin pleure sur les hameaux,

Et, que sous le portail ébranlé du vieux temple,

Le curé, soulevant une croix, apparaît,

Et se met à marcher, grave, vers la forêt !...

— C'était plus qu'un sermon, cela, c'était l'exemple !


## XIII


Il montait, à pas lents, toussant dans le brouillard.

Tous le suivent ! Tous vont où s'en va le vieillard !...

Le bourg abandonna sa misère au pillage,

Et, quand tout disparut au tournant du coteau,

La forêt referma les plis de son manteau,

Et puis la solitude entra dans le village !

## XIV

Moi, je les regardais, hébété, comme fou!...
Le tocsin gémissait sans relâche. — Un hibou,
Qui flottait éperdu dans la brume sonore,
Me parut ressembler à mon âme... — il tournait!
— « Mon Dieu! la guerre sainte! est-ce là qu'on en est? »
Le sonneur, harassé, s'en alla vers l'aurore,

## XV

Et la cloche cessa de tinter à jamais!
— Quand je fus seul avec la femme que j'aimais,
Je lui fis parcourir l'école jusqu'au faîte.
A tous nos coins chéris je lui disais : « Tu vois!
« Tu vois!... regarde bien!... C'est la dernière fois!... — »
Et j'y portais la flamme en détournant la tête.

## XVI

Deux jours après, j'étais à Bade. Ses parents
Pleuraient, car ils sont vieux! — « Tenez, je vous la rends,
« Leur dis-je; son amour l'avait dépaysée!
« Voici les cent écus de sa dot, comptez-les;
« Je ne puis rien tenir de vous, étant Français!...
« Et toi, pardonne-moi de t'avoir épousée!

## XVII

« Je n'avais pas le droit de t'aimer ! Je devais
« Haïr tes grands yeux bleus, car l'amour est mauvais ;
« Il a fait dévoyer toute la race humaine !
« Lorsque nous échangeons notre âme en nos baisers,
« C'est mal ! nos deux pays, ma chère, en sont lésés !
« Notre bonheur leur vole une part de leur haine.

## XVIII

« Enfant, pardonne-moi ! Car mon crime est réel
« De n'avoir lu ni Kant, ni Gœthe, ni Hégel !
« Aux élèves qu'ils font on reconnaît des maîtres !
« Sottement j'enseignais aux miens dans mes leçons :
« Le bon Dieu fit le fer pour couper les moissons ! »
« Et je faussais vos cœurs, ô naïfs petits êtres !

## XIX

« Le fer est le métal de mort, sachez-le bien !
« La mort étant le but, le fer est le moyen ;
« Il s'assouplit au meurtre et brille dans les larmes !
« Dieu l'a fait pour qu'il gronde et qu'il lance le feu ;
« Aussi, mes chers petits, il faut adorer Dieu,
« Qui pour vous égorger vous a donné des armes !

## XX

« Je leur dirai cela dans la forêt, là-bas.
« Car j'y vais retourner ! En ne te voyant pas,
« Ils vont me demander : Mais elle, où donc est-elle ?
« Je leur expliquerai qu'il ne faut plus t'aimer !
« Et, si je puis le dire enfin sans blasphémer,
« Que tu n'étais ni bonne, ô mon ange, ni belle !


## XXI

« Adieu donc, chère femme, adieu jusqu'au revoir !...
« L'amour n'est que la vie, il n'est pas le devoir !...
« N'importe où je mourrai, c'est ici que j'expire !... »
— Je ne pus retenir mes sanglots étouffants.
Son père m'avait pris les mains : — « Pauvres enfants !
Disait-il, vous payez les gloires de l'Empire ! — »


## XXII

Qu'il fut long le moment qui nous tint embrassés !
Il me semble si court à présent ! « C'est assez, »
Dis-je. — Mais tout à coup je vois pâlir ma femme !
Au geste qu'elle fait, nous devenons tout blancs :
— Que ferai-je du fils que je porte en mes flancs ?
Cria-t-elle. — Ah ! Messieurs ! la guerre est bien infâme !

## XXIII

Il en est parmi vous qui sont pères! Mais moi
Je ne l'avais jamais été! — Si votre Roi
Savait ce que l'on souffre, il prendrait le cilice!
J'étais père!... j'étais père! Chacun m'entend!
Et je devais mourir sans le voir, lui, pourtant! —
Je tombai net, j'avais épuisé le calice.

## XXIV

Quand je repris mes sens, je vis le vieux Badois
A mes côtés. — « Va-t'en, me dit-il, tu le dois!
« Fais plus que ton devoir, jeune homme, pour le faire!
« Tu méritais ma fille : elle est veuve, c'est bien.
« Mérite ta patrie à présent! — Citoyen,
« Venge-la, c'est ton droit, — et je te le confère. »

## XXV

Je partis dans la nuit. Mais lorsque j'arrivai
Dans mon pauvre pays, je crus avoir rêvé.
Des cadavres blémis pourrissaient dans la boue;
Des chevaux éventrés craquaient sous des caissons,
Et des chemins affreux s'ouvraient dans les moissons
Au sein des épis mûrs qu'avait fauchés la roue!...

## XXVI

Le village n'était qu'un brasier... — Au milieu,
Le clocher, d'où tombaient comme des pleurs de feu,
Semblait prendre à témoin l'Éternel dans l'espace... —
Je ne vous peindrai pas ce que vous avez fait.
Mais quand je vis cela, je compris qu'en effet
Vous vouliez à jamais germaniser l'Alsace!...

## XXVII

Alors je me blottis dans l'ombre, et j'attendis...
Un uhlan s'avançait à cheval; je bondis
En croupe, et lui volai son fusil et ses balles!...
Il en avait quarante; il n'en reste que huit.
Nous ne tirons jamais qu'à bout portant, la nuit; —
Car la guerre sacrée a des lois infernales.

## XXVIII

Et nous sommes cinq cents, Messieurs, dans la forêt.
Quand l'un de nous est pris, on le venge; — on pourrait
Compter plus d'un malade, hélas! mais pas un lâche!
Les petits sont souffrants, et notre vieux curé
A cessé de tousser... Nous l'avons enterré
Dans la première neige... Il est mort à la tâche.

## XXIX

Aujourd'hui, c'est mon tour, et je ne m'en plains pas.
J'ai trop vécu d'un mois sur terre. — Je suis las ,
Et mon malheur n'est pas l'excuse que j'allègue.
Hâtez-vous, car je crains de douter de mon Dieu ! —
— Donc, en joue ! — A jamais vive la France ! — Feu ! —
— Et quant à mon enfant, Messieurs, je vous le lègue ! —

*Achevé d'imprimer*

LE 30 NOVEMBRE MIL HUIT CENT SOIXANTE-DIX

PAR J. CLAYE

POUR A. LEMERRE, LIBRAIRE

*A PARIS*